긴데요,의 김대호 씨

어르신 이야기책 _105 짧은글

긴데요,의 김대호 씨

초판 1쇄 발행일 2018년 3월 9일

지은이 양귀자
그린이 낙송재
펴낸이 이원중

펴낸곳 지성사 출판등록일 1993년 12월 9일 등록번호 제10-916호
주소 (03408) 서울시 은평구 진흥로1길 4(역촌동 42-13) 2층
전화 (02) 335-5494 팩스 (02) 335-5496
홈페이지 지성사.한국 | www.jisungsa.co.kr 이메일 jisungsa@hanmail.net

ISBN 978-89-7889-354-1 (04810)
978-89-7889-349-7 (세트)

잘못된 책은 바꾸어 드립니다. 책값은 뒤표지에 있습니다.

이 도서의 국립중앙도서관 출판예정도서목록(CIP)은 서지정보유통지원시스템 홈페이지(http://seoji.nl.go.kr)와 국가자료공동목록시스템(http://www.nl.go.kr/kolisnet)에서 이용하실 수 있습니다. (CIP제어번호: CIP2018005467)

어르신 이야기책 _105 짧은글

긴데요,의 김대호 씨

양귀자 글 · 낙송재 그림

지성사

김대호 씨는 느리고 길다.

그를 아는 사람이라면 나의 이 간결한 인물 묘사에 대해 단숨에 동의할 것이다.
나는 그것을 믿는다.

왜냐하면 그처럼 길고 느린 사람은 아직까지

만나본 적이 없으니까.

김대호 씨는 도대체가 빠릿빠릿한 구석이 전혀 없다.

아무리 급한 일이 생겨도 김대호 씨 특유의

느릿느릿한 걸음에 속력이 붙는 것을 기대할 수 없다.

거기에 대해서 그는 아주 그럴싸한 이유를 가지고 있다.

"그래봤자 마찬가지니까요, 저는 다리가 길잖아요.
남들 두 걸음 걸을 때 한 발자국만 옮기면 되는데
뭐 할라고 귀찮게 뛰고 그런데요."

그의 말도 틀린 것은 아니다.

그는 자그마치 1미터 86센티미터의 키를 가지고 있으니 보폭도 그만큼 넓은 게 사실이다.

김대호 씨는 하도 길어서 어지간한 사람은 그하고
이야기하다 보면 목 부근에 통증을 느끼기 십상이다.

키가 크다 보니 신체의 여러 부분도 남들보다
유별나게 길다.

얼굴도 길고, 코도 길고, 손가락도 길다.

김대호 씨는 팔도 길어서

남들은 옆 책상에서 무엇을

집어오려면 일어나야 하는데도

그는 앉은 채 팔만 뻗으면 대부분 가능하다.

그뿐만 아니라 김대호 씨는 말도 아주 느릿느릿,

말꼬리를 길게 빼는 버릇을 가지고 있다.

성질 급한 누구는 김대호 씨의 말을 듣다

답답해서 혈압이 올랐다는 소문도 있고,

실제로 어떤 친구는 한숨씩 자고 일어나서 들어도

김대호 씨의 말을 이해하는 데는 아무런 지장이

없더라는 실험 보고까지 하고 있는 실정이다.

그는 자신이 길다는 것을 아주 잘 안다.
그래서 하루에도 몇 번씩 “제가 긴데요.”라고
말하는지도 모른다.

정말이다, 그는 늘 그렇게 말한다.

전화벨이 울린다.

김대호 씨가 전화를 받는다.

그러면 사무실 내의 모든 눈이 그에게 쏠린다.

전화를 건 사람은 아마도 김대호 씨를 바꿔달라고

하는 모양이다.

그러면 그는 그 특유의 느릿느릿한 말투로 이렇게 말한다.

"제가 긴데요."

그러면 모두들 웃음을 참지 못하고 킥킥거리지 않을 수 없는 것이다.

행여라도 전화를 건 상대방이 못 알아듣고

다시 묻기라도 하면

이번엔 더욱 느린 박자로 또박또박 대답을 해준다.

“제가 긴, 데, 요.”

그래서 김대호 씨를 사람들은
아예 '긴데요'라고 부른다.

그의 별명은 김대호 씨가 속한 사무실만이 아니라
회사 전체에 널리 퍼져 있어서
언제부턴가는 아무도 그의 진짜 이름을
부르지 않게 되어 버렸다.

물론 그를 별명으로 부르는 데

어떤 악의가 있는 것은 결코 아니었다.

오히려 그렇게 스스럼없이 별명이 통하는 것만 보아도

김대호 씨의 대인관계가 아주 원만한 편이라는 것을

능히 짐작할 수가 있다.

사실로 그는 키가 큰 만큼 이해의 길이도 길고,

느리고 낙천적인 만큼

주위 사람들을 편하게 해주는 품성을 지니고 있었다.

그의 미덕은 품성에만 있는 게 아니었다.
좀 느리기는 하지만 그는 맡은 일만큼은
빈틈없이 해내는 사람이었다.

덤벙거리지 않으니 실수도 없고,
진득한 성격이라 잔꾀를 부릴 줄도 몰라
일에 하자를 내는 경우가 거의 없었다.

말하자면 사람들은 김대호 씨를
사랑하고 있는 셈이었다.

그래서 그를 아끼는 몇몇 사람은

요즘 김대호 씨에게 이런 충고까지 하고 있었다.

"긴데요 씨, 장가를 가고 싶으면 우선

그 느린 말투부터 고쳐요.

아니, 제가 긴데요, 하는 전화 받는 말버릇부터

고치자고.

지난번에도 겨우 아가씨 하나 소개시켜 주었더니

긴데요, 때문에 어긋나고 말았잖아.

뭐라더라, 전화 받는 것만 보아도

얼마나 촌스러운 사람인지 당장 알겠다나?

그 느려터진 말로 제가 긴데요 라니, 그게 뭡니까?

그래 가지고 뭐가 되겠습니까?”

요즘 유행하는 누구의 말씨까지 흉내 낸 그 충고는 노총각인 김대호 씨에게 상당한 설득력을 발휘한 모양이었다.

그는 아주 심각한 얼굴로 고개를 끄덕였다.
그리고는 혼자 웅얼웅얼 연습도 여러 번 했다.

천성이 느린 사람이라 그것도 연습이라고

며칠을 웅얼거리더니 마침내 어느 날,

오늘부터는 긴데요가 아니라 김대호로 돌아오겠다고

선언을 하기에 이르렀다.

그리고 그날 그를 찾는 첫 전화가 걸려왔다.

사무실 식구들은 모두 그의 입에서 터져 나올
세련된 말을 기대하며 귀를 모았다.

김대호 씨는 큰기침을 하고 수화기를 들었다. 전화를 건 상대방은 아마 이렇게 물었을 것이었다.

“김대호 씨 좀 부탁합니다.”

그러나 그는 많은 연습에도 불구하고 얼결에 이렇게 대답하고 말았다.

"네, 제가, 전데요."

물론 사무실 안은 당장에 웃음바다가 되었고,

그 일로 김 대호 씨는 '긴데요'에 이어

'제가 전데요'라는 긴 별명까지 하나 더 가지게 되었다.

그는 그 한 번의 실패를 끝으로

더 이상 '긴데요'를 고치려는 시도를 하지 않았다.

"에이, 저는 아무래도 긴데요가 더 어울려요.

사실로도 저는 길잖아요."

정말이다. 그는 길다.
그리고 느리기도 하다.
진실을 말하자면 우리 옆에 이렇게 길고도 느린 사람이
존재하는 것도 행복한 일인 것이다.

요즘처럼 정신없이 핑핑 돌아가는 혼 빠진 세상에서는.

그래서 우리의 김대호 씨는

오늘도 걸려오는 전화에 대고

그 느릿느릿한 말투로 여전히 이렇게 말하고

있다.

"제가 긴데요……."